© 2021, Faria e Silva Editora (edição brasileira)
Texto © Isabel Minhós Martins, 2021
Ilustrações © Bernardo P. carvalho, 2021

Esta edição é publicada sob a autorização da Editora Planeta Tangerina, Carcavelos, Portugal. Todos os direitos reservados.

ADAPTAÇÃO: Faria e Silva Editora
TEXTO: Isabel Minhós Martins
ILUSTRAÇÕES: Bernardo P. Carvalho
REVISÃO: Carlos Grifo Babo

Dados Internacionais de Catalogação na Publicação (CIP)
(Câmara Brasileira do Livro, SP, Brasil)

Martins, Isabel Minhós
Tudo tão grande / Isabel Minhós Martins. – São Paulo : Faria e Silva Editora, 2021.
Camaleão
ISBN 978-65-89573-47-0
1. Literatura infantojuvenil I. Título.
21-71868   CDD-028.5

Índices para catálogo sistemático:
1. Literatura infantil   028.5
2. Literatura infantojuvenil   028.5

Cibele Maria Dias – Bibliotecária – CRB-8/9427

FARIA E SILVA Editora
Rua Oliveira Dias, 330 | Cj. 31 | Jardim Paulista
São Paulo | SP | CEP 01433-030
contato@fariaesilva.com.br
www.fariaesilva.com.br

TUDO TÃO GRANDE

Canção cada vez maior

O sol já nasce
A relva avança

A árvore alta
Dois pés na sombra

Os pássaros, longe
As vozes, perto

A montanha imensa
O espaço aberto

O verão comprido
O fruto maduro

O coração grande
O peixe graúdo

O rio transborda
O ferro dilata

O ar tão livre
Dá a volta ao mundo

O universo expande
O ovo estala

O miúdo estica
Rebenta a escala!

Eu cresço também

Eu cresço também